राज के जज़्बात

राज कश्यप

Copyright © Raj Kashyap
All Rights Reserved.

This book has been self-published with all reasonable efforts taken to make the material error-free by the author. No part of this book shall be used, reproduced in any manner whatsoever without written permission from the author, except in the case of brief quotations embodied in critical articles and reviews.

The Author of this book is solely responsible and liable for its content including but not limited to the views, representations, descriptions, statements, information, opinions and references ["Content"]. The Content of this book shall not constitute or be construed or deemed to reflect the opinion or expression of the Publisher or Editor. Neither the Publisher nor Editor endorse or approve the Content of this book or guarantee the reliability, accuracy or completeness of the Content published herein and do not make any representations or warranties of any kind, express or implied, including but not limited to the implied warranties of merchantability, fitness for a particular purpose. The Publisher and Editor shall not be liable whatsoever for any errors, omissions, whether such errors or omissions result from negligence, accident, or any other cause or claims for loss or damages of any kind, including without limitation, indirect or consequential loss or damage arising out of use, inability to use, or about the reliability, accuracy or sufficiency of the information contained in this book.

Made with ♥ on the Notion Press Platform
www.notionpress.com

क्रम-सूची

प्रस्तावना	vii
लेखक के बारे में	ix
1. अध्याय 1	1
2. अध्याय 2	2
3. अध्याय 3	3
4. अध्याय 4	4
5. अध्याय 5	5
6. अध्याय 6	6
7. अध्याय 7	7
8. अध्याय 8	8
9. अध्याय 9	9
10. अध्याय 10	10
11. अध्याय 11	11
12. अध्याय 12	12
13. अध्याय 13	13
14. अध्याय 14	14
15. अध्याय 15	15
16. अध्याय 16	16
17. अध्याय 17	17
18. अध्याय 18	18
19. अध्याय 19	19
20. अध्याय 20	20

क्रम-सूची

21. अध्याय 21 — 21
22. अध्याय 22 — 22
23. अध्याय 23 — 23
24. अध्याय 24 — 24
25. अध्याय 25 — 25
26. अध्याय 26 — 26
27. अध्याय 27 — 27
28. अध्याय 28 — 28
29. अध्याय 29 — 29
30. अध्याय 30 — 30
31. अध्याय 31 — 31
32. अध्याय 32 — 32
33. अध्याय 33 — 33
34. अध्याय 34 — 34
35. अध्याय 35 — 35
36. अध्याय 36 — 36
37. अध्याय 37 — 37
38. अध्याय 38 — 38
39. अध्याय 39 — 39
40. अध्याय 40 — 40
41. अध्याय 41 — 41
42. अध्याय 42 — 42

क्रम-सूची

43. अध्याय 43	43
44. अध्याय 44	44
45. अध्याय 45	45
46. अध्याय 46	46
47. अध्याय 47	47
48. एक परिंदा	48
49. अध्याय 49	49
50. अध्याय 50	50
51. अध्याय 51	51
52. अध्याय 52	52
53. अध्याय 53	53
54. अध्याय 54	54
55. अध्याय 55	55
56. अध्याय 56	56
57. अध्याय 57	57
58. अध्याय 58	58
59. अध्याय 59	59
60. अध्याय 60	60

प्रस्तावना

प्रस्तुत किताब "राज के ज़ज्बात" लेखक ने चाहा है की जीवन के हर पहलू को दर्शा सके,
यहंन किताब मैं सभी कविता जीवन के खुशी, आशा एवंम तमन्ना का रचना किया है,
यहंन किताब मैं सौन्दर्य तरीके से जीवन के प्रती भावना को दर्शाया गाया है,
संचालक महोदयऔ ने इस किताब को जीवन के सत्य पर आधारित वास्तविकता को देखते हुए "राज के ज़ज्बात" किताब का निर्माण किया।

लेखक के बारे में

राज कश्यप "मड़ीखेरा छतरपुर मध्य प्रदेश" के रहने वाले हैं। मूलतः वह गाजियाबाद उत्तर प्रदेश में रहते है। वह हाल ही में बीए की पढ़ाई कर रहे है और नौकरी कर रहे है। उन्हें पेन नेम राज कश्यप से जाना जाता है। उनको घर में सब दीपक नाम से बुलाते है जो की उनका घर का और असली नाम हैं। वह शायरी, कविता और वन लाइनर्स लिखते हैं।
उन्हें अपने स्कूल के दिनों से ही लिखने का शौक है। समाज के प्रति उनके जो भाव और भावनाएँ हैं, उन्हें राज लिखते हैं..

राज कश्यप युवा और प्रतिभाशाली लेखक हैं जिनकी पुस्तक "राज के जज़्बात" को 2023 में पढ़ने के लिए शीर्ष 18 पुस्तकों के रूप में चुना गया है।

आप उसे फेसबुक और इंस्टा पर ढूंढ सकते हैं:
Fb page - Raj ki dastan
Fb id- Raj Kashyap
INSTA - Rajofficial131
मेल आईडी: *deepak.9818812605@gmail.com*

1

मैं वो नहीं जो तुम्हारे साथ टाइम पास करू,
अपने मजे के लिए तुम्हारा इस्तेमाल करू।
जो आई ज़िन्दगी में मेरी तुम एक बार तो निभाएगा ऐ रिश्ता राज उम्र भर,
मैं वो नहीं जो तुमसे ब्रेकअप के बाद किसी और से प्यार करू।

2

यूं तो वो लड़की ख़ास ना होती,
मेरे दिल के वो अगर पास ना होती।
गुनाह किया राज उससे दिल लगा कर शायद,
वरना मेरे आँखों से आंसुओं की बरसात ना होती।

3

तेरी यादों के सहारे जीने का फैसला कर लिया,
अब तू मिले या ना मिले राज ऐ मर्ज़ी खुदा की।

4

कुछ मजबूरियों ने किया सबसे दूर हमें,
कुछ ज़िम्मेदारियों ने किया कंधों पर वार हैं।
कुछ व्यस्त रहने लगे हम अपनी ज़िम्मेदारियों में तो,
लोगो ने कहना शुरू कर दिया हमें कि मतलब का यार हैं।

5

हम उस हादसे के शिकार हुए हैं,
जिसे ऐ दुनियाँ राज मोहब्बत कहती हैं।

6

किस राह का हूँ मुसाफिर,
 किस और मुझे जाना हैं।
 फिर रहा बेखबर सा राज,
 किस मंजिल को उसे पाना हैं।

7

तेरे होंठो की हंसी बचाने कि खातिर,
ज़माने कि नज़र से तुझे छुपाने कि खातिर।
बदनाम सरे आम हो जाएगा राज,
एक दफा तुझसे दिल लगाने कि खातिर।

8

हुस्न वालो ने दिखाई अदा अपनी ऐसी कि,
हम फ़िदा हुए उनकी आँख के काजल पे।
इतने से भी भरा नहीं दिल उनका तो राज,
क़त्ल कर गई मेरा,
मेरे चेहरे पर लेहराते अपने आँचल से।

9

मेरे चेहरे से नहीं होगी महसूस, तकलीफ मेरी,
मैं हर वक़्त होंठो पर राज मुस्कुराहट रखता हूँ।

10

गलती मेरी ही थी जो, तुझे सर पर चढ़ा रखा था,
हर किसी को मेने तुझे, अपनी जान बता रखा था ,
था घमंड तुझे इसी बात का शायद,
एक तुझे ही मेने, अपनी ज़िन्दगी बना रखा था।

11

सरलता से ज्यादा अक्सर सिखाती, कठिनाई हैं,
हर रास्ते के हर पत्थर से मेने, ठोकर खाई हैं।
होता हैं अगर बुरा राज, साथ तुम्हारे तो होने दो,
क्या पता यही हो मर्ज़ी श्याम की, जिसमे तेरी भलाई हैं।

12

तेरी यादों में तड़पा,ऐ दिल इतना,
की होंठ भी मतलब हंसी का भूल गया।
थाम लिया तूने, हाथ किसी और का,
राज भी हस्ते हुए सूली झूल गए।

13

दिल के सारे गम,हम छुपाये बैठे हैं,
तन्हाई में अपनों के,हम सताएं बैठे हैं।
हमसे ना पूछो,एक तरफ़ा मोहब्बत का मतलब राज,
एक तरफ़ा मोहब्बत में,हम अपना सब कुछ गवाएं बैठे हैं।

14

बेवफाओ की वफाओ से अक्सर, मैं दूर रहा करता हूँ,
ना हो कभी किसी से मोहब्बत मुझे, ये दुआ किया करता हूँ।
नहीं देखा जाता राज मुझसे, किसी की आँख का आँसू,
शायद इसलिए टूटे दिलो पर, मैं मरहम लगा दिया करता हूँ।

15

क्यूँ भर आती हैं कभी कभी आँख मेरी,
क्यूँ बेवजह ही आँख में आंसू आता हैं।
छुपाकर सीने में सारे गम अपने अक्सर,
एक चेहरा लोगो के बीच मुस्कुराता हैं।
कोई कमी हैं शायद ज़िन्दगी में मेरी,
ना जाने किसकी कमी ये मुझे खलती हैं।
रुक जाती हैं धड़कन कभी,दर्द होता हैं सीने में,
बेचैन सी होती हैं सांस मेरी और जान निकलती हैं।
लिख दू सारी दास्तां अपनी आज इसलिए कलम उठाई हैं,
पूछा हैं एक सवाल खुदा से,क्या खुदा यही तेरी खुदाई हैं।
जिसने भी की नेकी कभी,जिसने भी की अच्छाई हैं,
बना रहा वो ज़माने के लिए बुरा,क्यूँ उसके इससे में बुराई हैं।
पूछा हैं एक सवाल खुदा से राज क्या खुदा यही तेरी खुदाई हैं।

16

एक हादसा ज़िन्दगी में मेरी जब हो,
हो हादसा राज जब करीब वो हो।
देखे उजड़ता हुआ,मुझे वो अपनी निगाहों से,
हैं दुआ खुदा से,मेरी बरबादी की वजह वो हो।

17

उसकी यादें मेरा हाल बेहाल करती हैं,
उसकी ना मौजूदगी जैसे मुझसे कोई सवाल करती हैं।
साथ नहीं हैं वो पर हर पल उसका एहसास हैं ,
ये मोहब्बत भी ना राज,ना जाने कैसे कैसे कमाल करती हैं।

18

कोई हादसा हो जाये कभी ज़िन्दगी में मेरी,
राज या कभी मौत आ जाये मुझे।
हो अगर मुझे नसीब दीदार,मेरी कब्र पर उसका,
या खुदा वो मौत भी हसीन कबूल हैं मुझे।

19

ये आसमान भी मुझसे सवाल करता है,
तू किसकी याद में आखिर हर पल मरता हैं।
किस बात का दर्द है तुझे,आखिर किसकी हैं कमी,
भूलजा राज उसे जो तुझे भुला गया कभी।

20

छोड़ कर गया था कोई मुझे इस कदर ,
टूट गया था में टूटने की हद तक मगर।
संभाला था खुद को अंधेरों में हमने अकेले राज ,
ज़िन्दगी से रौशनी बिखर गई थी जब कहीं इधर उधर।

21

कुछ ना कहें अब हम तो अच्छा हैं ,
चुप ही रहें अब हम तो अच्छा हैं।
ख़ामोशी को समझा मेरी सबने यहाँ गलत ,
गलत ही रहें अब हम तो अच्छा हैं।

22

चाहत हैं वो मेरी राज मगर, उसे पाने की कोई चाहत नहीं,
सब दुआ लिखदी मैंने नाम उसके,मेरे इससे में कोई इबादत नहीं ।

23

हमसे वफ़ा की उमीद कर खुद बेवफाई करता हैं,
दिल भर जाने के बाद हर मेहबूब जुदाई करता हैं।
खुद ना कर सका जो पुरे अपने ही कसमे और वादों को,
वो शख्स अक्सर महफ़िलो में राज मेरी रुसवाई करता हैं।

24

हमें तकलीफ से भरी ज़िन्दगी मंजूर हैं राज,
किसी की भीख में मिली मोहब्बत नहीं।

25

एक शख्स बन गया हैं राज अब ज़िन्दगी मेरी,
मेरी ज़िन्दगी को भी मुझसे अब ये शिकायत हैं।

26

चार दिन की ज़िन्दगी में, दो दिन गुज़र गए ज़िन्दगी के,
तीसरा जाने को हैं राज चौथा आने को हैं।

27

गलत ही हूँ मैं यहाँ सबकी नज़रो में ,
क्यूँ करू साबित सही खुद को सबकी नज़रो में।
हर शख्स का राज यहाँ अपना नज़रिया हैं,
कैसे रहूँगा सही मैं यहाँ सबकी नज़रो में।

28

दिल के जज़्बात

किसी ने हमसे पूछा मौत से बत्तर ज़िन्दगी क्या होती हैं,
क्यूँ मोहब्बत एक बार और एक शख्स से ही होती हैं।
होती हैं मोहब्बत एक से अगर तो मोहब्बत से बिछड़ना क्यूँ जरुरी हैं,
यही मोहब्बत हैं या मोहब्बत ही एक मज़बूरी हैं।
दिल लगा कर दिल तोड़ते क्यूँ हैं,
किसी दीवाने को रोता हुआ अकेला छोड़ते क्यूँ हैं।
हमने तो नहीं मांगी थी मोहब्बत की भीग उनसे,
फिर आज कल वो हमसे मुँह मोड़ते क्यूँ हैं।
हालात ऐसे हैं ज़िन्दगी के मेरे,
ज़िन्दगी में एक पल भी सुकून नहीं बिना तेरे।
कैसे कह दू मुझे तुझसे मोहब्बत नहीं,
हाँ,ये सच हैं मगर तुझे मुझसे मोहब्बत नहीं।

29

उससे अच्छा कोई मुझे लगता नहीं,
उससे बेहतर कोई चाहिए नहीं।
मुझे चाहिए बस एक वही शख्स,
उसके सिवा कोई चाहिए नहीं।

30

मिल गई जिन्हें मोहोब्बत मेरी उन्हें ये ख़ुशी मुबारक,
हमारा क्या हैं राज हम तो बर्बाद ही अच्छे हैं।

31

ज़हन में उनकी यादों का एक परिंदा रखा हैं,
इश्क़ के बाजार में वफ़ा ने हमें शर्मिंदा रखा हैं।
उनसे बिछड़ कर कब का कह देते दुनिया को अलविदा,
एक लाश को राज कुछ ज़िम्मेदारियो ने ज़िंदा रखा हैं।

32

सोचा कुछ लिखूं तेरे बारे में,
फिर सोचा क्या लिखूं तेरे बारे में,
मुझे तो तुझसे मोहोब्बत हैं,
क्या ख्याल हैं तेरा मेरे बारे में।

33

शिकायत करू भी तो क्या करू मैं उस खुदा से,
मुझको जो मिल रही हैं राज मेरी गलतियों की सजा हैं।

34

बदनसीबी दस्तक दे रही हैं मोहब्बत के दरवाजे,
राज मेरा मेहबूब मुझसे दूर हो रहा हैं।

35

हमारे जैसा बनने की दुआ ना मांगो राज खुदा से,
हम खुदा से दुआओं में अपने लिए मौत मांगते हैं।

36

दुनिया को अलविदा कहेंगे हम कुछ इस अंदाज़ में राज,
लोगो को भनक तक नहीं लगेगी मेरे जाने की कभी।

37

साथ हूँ मैं तेरे हर घड़ी में, ये मत कहना मैं तेरे साथ नहीं,
महसूस कर सको तो करना मुझे, ये मत कहना मैं तेरे पास नहीं।

38

हर दर्द की दवा राज शराब नहीं हैं,
कुछ जख्मों पर आंसू भी मरहम होते हैं।

39

सब खो कर एक तुझे माँगा था दुआओं में.
अफ़सोस शायद मेरी दुआओं में असर नहीं।

40

हर रात बीतती हैं रोकर मेरी,
राज याद उसकी रात आती बहुत हैं।

41

मोहब्बत का नशा सबसे कीमती नशा हैं राज ,
इसकी कीमत जान दे कर चुकानी होती हैं।

42

एक बार जो लड़की छोड़ दे,
कभी उसके पास वापस मत जाना।
मर जाओ बेशक़ मगर,
कभी उसे अपनी शक्ल मत दिखाना।

43

वो हमें याद करें ऐसी किस्मत कहाँ हमारी,
ये दिल पागल हैं राज जो हर पल उन्हें याद करता हैं।

44

राज वो नहीं जो आँखों से बयां हो जाये,
राज तो वो हैं जो इस दिल में दफ़न हो।
सो जाऊं में ओड़कर इश्क़ की चादर,
मेरी लाश पे तेरे डुप्पते का कफन हो।

45

अकेलेपन से दोस्ती मेरी कुछ इस कदर हैं,
कोई अच्छा नहीं लगता राज मुझे सिवाए इसके।

46

हम भी खुल कर हस्ते थे, हमारा भी राज था दिलो पर,
अब तो सिर्फ लोगो को दिखाने के लिए हस्ते हैं, नाम की हंसी हैं राज लबो पर।

47

टूटा मेरा मकान हैं,
मुश्किल ये इम्तिहान हैं।
खेल मोहब्बत का आसान नहीं,
आँखों में आंसू, हथेली पर जान हैं।

48
एक परिंदा

एक परिंदा उड़ना चाहता था, मगर डरता था ज़माने से,
काट ना दे पर उसके ज़माना, कोई कसर ना छोड़े उसे गिराने से।
इसी डर से उसने भरी नहीं उड़ान कभी, जीता रहा मर मर कर वो,
था इसी ज़माने में पर, थे इसी ज़माने के उससे ही बेगाने से।
देख कर आसमां की और वो प्यास अपनी भुजा लेता था,
मार कर मन को अपने अस्कार वो खुद को समझा लेता था।
डरने लगा था रौशनी से वो इतना की,
जब भी उगता था सूरज आसमां में, वो खुद को अंधेरे में छुपा लेता था।
बस ऐसे ही कटी उसकी तमाम ज़िन्दगी राज,
ऐसे ही वो खुद को इस ज़माने से बचा लेता था।

49

एक लड़के को पहले प्यार में पागल किया उसने,
फिर कहाँ उसने राज मैं तुम्हारी नहीं हो सकती।

50

तू रहे या ना रहे साथ तेरा एहसास काफ़ी हैं,
ज़िन्दगी अकेले बिताने के लिए तेरी याद काफ़ी हैं.
बेशक़ ना हो मेरी बात कभी तुझसे मंजूर हैं 'राज',
बनी रहे तेरे होठों की हंसी पूरी हो मेरी फरीयाद काफ़ी हैं।

51

तू रहे या ना रहे साथ तेरा एहसास काफ़ी हैं,
ज़िन्दगी अकेले बिताने के लिए तेरी याद काफ़ी हैं.
बेशक़ ना हो मेरी बात कभी तुझसे मंजूर हैं 'राज',
बनी रहे तेरे होठों की हंसी पूरी हो मेरी फरीयाद काफ़ी हैं।

52

हर इससे में हैं तू मेरे,बस जिसमे नहीं तू वो मेरी तक़दीर हैं,
दिल से बेशक़ बादशाह हैं राज,मगर तेरी मोहब्बत में फ़कीर हैं।

53

एक पल मैं जीना चाहता हूँ,
दूसरे पल मैं मरना चाहता हूँ।
कीमत पता नहीं मुझे ज़िन्दगी की मगर,
राज सौदा मैं मौत से करना चाहता हूँ।

54

अब इतनी तकलीफ नहीं होती, ना तेरे जाने का दुख हैं,
में तेरे बगैर ही खुश हूँ, तू अगर मेरे बिना खुश हैं।

55

मोहब्बत से बड़ी कोई ख़ुशी नहीं जहान में,
राज मोहब्बत से बड़ा कोई दर्द भी नहीं।

56

छोड़ कर गए मुझे वो राज इस कदर,
हम उनके कुछ लगते ही नहीं थे जैसे कभी।

57

जब ज़िन्दगी सिखाने पर अती हैं तो बहुत कुछ सिखाती हैं,
और जब मोहब्बत रुलाने पर अती हैं राज तो बहुत रुलाती हैं।

58

तेरा मुस्कुराता चेहरा देख मैं भी मुस्कुरा लेता हूँ,
तेरी मासूम सी आँखों के मैं ख्वाब सजा लेता हूँ।
कोई गम ना आये तेरे हिस्से में कभी,
मैं गम नाम कर सारे अपने, तुझे खुशियों की दुआ देता हूँ।
तेरी हंसी रहे सलामत होठों पर तेरे,
मैं सर खुदा के आगे इसलिए झुका लेता हूँ।

59

हस्ता खेलता लड़का आज रोने लगा हैं,
तेरी कमी हैं की दूर सबसे होने लगा हैं।
ना जाने क्या शिकायत थी मोहब्बत को हमसे,
इश्क़ बेवजह ही राज पलके मेरी भिगोने लगा हैं।

60

अगर सिर्फ हंसने का मतलब,
खुश रहना हैं तो खुश हूँ मैं।

CPSIA information can be obtained
at www.ICGtesting.com
Printed in the USA
BVHW082239190223
658756BV00004B/1008

9 798889 352310